LE PAGE,

COMÉDIE

EN UN ACTE,

POUR DES ENFANS.

Traduite de l'Allemand de M. J. J. ENGEL,
par J. H. E.

A PARIS, RUE DAUPHINE,
La seconde Porte cochere à droite par le Pont-Neuf;
De l'Imprimerie de L. CELLOT, Gendre &
Successeur de CH.-ANT. JOMBERT, Libraire
du Roi pour l'Artillerie & le Génie,
AU FOND DE LA COUR.

1781.
Avec Approbation & Permission.

PERSONNAGES.

LE PRINCE DE . . . . . en habit de chaſſe.

Madame DE DETMUND.

LE LIEUTENANT DE DETMUND, ſon Fils ainé.

LE PAGE, ſon ſecond fils , de l'âge de dix ans.

LE CAPITAINE DE DETMUND, Frere de Madame de Detmund.

LE MAITRE DE L'ACADÉMIE.

UN VALET DE CHAMBRE.

LE PAGE,

COMÉDIE

EN UN ACTE,

POUR DES ENFANS.

La Scene repréſente une anti-chambre du Château
du Prince ; de la porte on apperçoit dans un
Cabinet, un lit de Camp, & une petite table,
ſur laquelle ſont poſées une lampe de nuit & une
montre.

SCÈNE PREMIERE.

LE PRINCE eſt à demi-vêtu, enveloppé dans ſon
manteau, & couché ſur le lit de camp ; LE PAGE
s'eſt jetté dans un fauteuil de l'anti-chambre, &
dort.

LE PRINCE ſe réveillant.

CELA s'appelle dormir ! Dieu ſoit loué de
nous avoir donné la paix. Actuellement on peut

se livrer au sommeil, libre de soins ; & sans craindre les alarmes. (*Il regarde sa montre.*) Deux heures.... Seulement deux heures .... Il doit être plus tard, (*Il appelle.*) Page, Page !

LE PAGE *se leve & retombe.*

Hé ! Hé ! Dans l'instant.

LE PRINCE.

Comment, aucun de ces Messieurs...? Point de réponse ?

LE PAGE *se retourne dans son fauteuil en bâillant.*

A peine ..... à l'instant ..... jai encore si peu ....

LE PRINCE.

Cependant on parle, qui seroit-ce ? (*Il écarte la lampe & regarde dans l'anti-chambre.*) Quoi ! est-il possible ? Cet enfant ... est-ce lui qui a dû me veiller ? Ou est-ce moi qui l'ai veillé ?... A quoi a-t-on songé ?

LE PAGE *se réveillant en sursaut, & se frottant les yeux.*

Monseigneur !

LE PRINCE.

Viens, viens, mon petit, alerte .... tire ta montre, la mienne est arrêtée.

LE PAGE *se tient au bras du fauteuil, & se rendort à moitié.*

Comment .... comment, Monseigneur.

LE PRINCE *riant.*

Tu dors, mon ami, tu fais la plus singuliere figure du monde. Je voudrois te voir peint dans cette attitude. C'est ta montre, dis-je, ta montre, que tu dois tirer, & voir qu'elle heure il est.

LE PAGE, *en s'approchant tout doucement.*

Ma montre, Monseigneur.... ah ! pardonnez-moi, je n'en ai pas.

LE PRINCE.

Tu dors.... comment ! tu n'aurois pas de montre ?

LE PAGE.

Je n'en ai jamais eu.

LE PRINCE.

Jamais ? Cela est singulier. Comment ! ton pere t'envoie ici , & ne te donne pas le plus né-cessaire, la seule chose dont tu aie besoin pour ton service ?

LE PAGE.

Oui, si j'avois encore un pere ! Monseigneur.

LE PRINCE.

Tu n'en as plus ?

LE PAGE.

Il est mort avant ma naissance.... jamais je ne l'ai connu.

LE PRINCE.

Pauvre enfant ! mais ta mere, ton tuteur ?

LE PAGE,

LE PAGE.

Ma Mere .... Monfeigneur , Votre Alteffe
ignore donc qu'elle eft fi pauvre ! fi infortunée !
qu'elle a employé jufqu'au dernier écu pour m'é-
quiper ? Il n'en reftoit pas un feul pour la montre. Mon tuteur a bien dit qu'il m'en falloit une ;
mais (*en bâillant*) il ne m'en a pas encore donné.

LE PRINCE.

Quel eft ton Tuteur ?

LE PAGE.

Un Oncle, Monfeigneur.

LE PRINCE *fouriant.*

Bon ! il y a bien des Oncles dans le monde.
C'eft donc le tien ?

LE PAGE.

Il eft ici ; il eft Capitaine dans les Gardes. Au-
jourd'hui il doit paroître au Château.

LE PRINCE.

Oui, oui . . . je m'en fouviens. C'eft le même
par qui tu m'as été préfenté. (*en lui donnant une
bougie*) Tiens, mon petit, tiens bien, dans le cabinet à côté (*en lui montrant*), tu trouveras deux
montres à côté de la glace. Apporte-moi celle qui
eft à droite, prends garde à la lumiere.

LE PAGE *en s'en allant.*

Oui, Monfeigneur.

SCÈNE II.
LE PRINCE *seul.*

L'EXCELLENT Enfant ! comme il eſt ſincere ,
doux & aimable ! Je crois que ſi ſon petit cœur
avoit quelques ſecrets, je les découvrirois tous.
Si j'avois un homme de ce caractere , & qu'il
fût mon ami !... Mais je rêve .... non le ſort
a donné trop de petites félicités aux Princes , il
ſeroit injuſte s'il leur accordoit encore la plus
grande de toutes. C'eſt bien dommage qu'il ſoit ſi
petit ; il eſt impoſſible qu'il me ſerve , je ſuis
forcé de le renvoyer à ſa mere.

SCÈNE III.
LE PRINCE, LE PAGE.

LE PAGE *avec la montre & la bougie.*

IL eſt près de cinq heures , Monſeigneur.

LE PRINCE.

Ainſi il eſt déjà matin ; je le penſois ; (*en prenant la montre*) ; mais ce n'eſt pas cette montre ,
c'eſt celle qui eſt à droite , que je demandois.

LE PAGE.

Non ? Je croyois cependant que c'étoit celle-ci.

LE PRINCE.

Et quand ce l'auroit été , mon petit, ſi tu avois

entendu tes intérêts, tu aurois mis la main fur
l'autre. Car à quoi ferviroit à un enfant une
montre garnie de brillans? Ou as-tu peut-être
trop bien entendu tes intérêts. As-tu fait comme
tant de gens qui, pour vouloir trop gagner, per-
dent tout? Explique-toi.

LE PAGE.

Comment cela, Monfeigneur? Je ne vous
comprends pas.

LE PRINCE.

Il faut donc me faire comprendre. Tu fais
pourtant diftinguer la droite de la gauche.

LE PAGE *en penfant & regardant les deux mains.*

Droite, gauche, Monfeigneur.

LE PRINCE *lui mettant la main fur l'épaule.*

Va, va, mon cher, tu ne la diftingue peut-
être pas mieux que le bien d'avec le mal. Puiffe-
tu n'en jamais connoître la différence!... Mais
va, cours, avertis ton Oncle le Capitaine qu'il
vienne ici; dépêche-toi.

SCÈNE IV.
LE PRINCE *feul.*

IL eft charmant, très-aimable; raifon de plus
pour le renvoyer. On dit que la Cour eft un fé-
jour de corruption; je ne puis confentir qu'il
s'y perde.....il faut qu'il parte. Mais fi fa mere

est effectivement aussi pauvre qu'il le dit, si extraordinairement pauvre, qu'elle ne puisse donner de l'éducation à cet enfant.... Il faut que je sache cela, le Capitaine me le dira.

SCÈNE V.

LE PRINCE, LE PAGE.

LE PAGE.

Mo seigneur, il va venir.

LE PRINCE.

Eh bien, comment cela va-t-il ? Tu me parles d'un air si triste ; es-tu encore fatigué ?

LE PAGE.

Eh mon Dieu ! oui, encore un peu.

LE PRINCE.

Si ce n'est que cela, va te reposer. J'ai été petit comme toi ; je sais combien on aime dormir, à cet âge. Allons, cours à ton fauteuil, je te le permets. (*Le Page s'en va, & se met à dormir.*) Je savois bien qu'il ne se le feroit pas dire deux fois.

SCÈNE VI.

LE PRINCE, LE PAGE *qui dort*, LE CAPITAINE.

LE CAPITAINE,

VOTRE Alteffe ?

LE PRINCE,

Approchez, Monfieur le Capitaine ; que vous femble du petit Meffager que je vous ai envoyé ? A quoi penfez-vous qu'il puiffe m'être utile ?

LE CAPITAINE *en hauffant les épaules.*

A bien peu de chofes affurément ; il eft trop petit.

LE PRINCE.

Seroit-ce pour l'envoyer en commiffion, ou pour le faire monter à cheval ?

LE CAPITAINE.

J'aurois peur qu'il ne revînt plus.

LE PRINCE,

Ou pour veiller ici la nuit ?

LE CAPITAINE.

Oui, fi Votre Alteffe pouvoit dormir toute la nuit !

LE PRINCE.

Ainfi, Monfieur le Capitaine, cet Enfant ne me fervira donc de rien ? Le pauvre petit Maurice ! Auffi-bien ne voudrois-je pas qu'il me fervît, mais que je lui fuſſe bon à quelque choſe. Vous vouliez lui procurer ici une éducation conve- nable, vous me parliez du peu de fortune de ſa mere; eſt-elle réellement ſi pauvre ?

LE CAPITAINE, *en mettant la main à la poitrine.*

Monſeigneur, rien n'eſt plus vrai.

LE PRINCE.

Et par quel malheur eſt-elle dans cette déplo- rable ſituation ?

LE CAPITAINE.

La ſource de ſon infortune, eſt cette même guerre qui en enrichit tant d'autres. Il eſt vrai qu'auparavant elle avoit déjà contracté quelques engagemens ſur ſes Terres. Mais actuellement tout eſt en ſaiſie réelle ; le Château eſt brûlé, pillé, ſaccagé & démoli, & il ne lui en reſte pas une ſeule tuile. Ajoutez-y les procès qui ſuivent la guerre, comme la peſte ſuit la famine ; & avant qu'ils ſoient jugés, les enfans & les petits enfans ſeront réduits à la mendicité. Par bonheur ſes Fils ſont placés ; le Cadet eſt ici auprès de Votre Alteſſe, & l'Ainé eſt Lieutenant aux Gar- des. Du reſte la pauvre Femme fait du mieux qu'elle peut pour ſe tirer d'affaire.

LE PRINCE.

Cela eſt ſans doute très-malheureux.

LE CAPITAINE.

Très-malheureux, Monſeigneur. Elle vit retirée dans une pauvre Cabane, seule, délaissée. Je n'y vais jamais. C'est ma Sœur, il est vrai, mais je serois trop touché de voir ce triste spectacle.

LE PRINCE.

Et vous n'y allez jamais, & vous êtes son Frere ?

LE CAPITAINE.

Malheureusement, Monseigneur ?

LE PRINCE.

Malheureusement . . . . & vous n'y allez jamais . . . . Je comprends, Monsieur le Capitaine, vous rougiriez de sa misère ; ou si vous étiez ému, cela vous coûteroit quelques déboursés. (*Le Capitaine se trouble.*) Comment s'appelle votre Sœur ?

LE CAPITAINE.

De Detmund, Monseigneur.

LE PRINCE.

De Detmund... de Detmund... n'y avoit-il pas parmi mes troupes, un Major de Detmund ?

LE CAPITAINE.

Oui, Monseigneur.

LE PRINCE.

Qui a été tué dans la premiere campagne ?

LE CAPITAINE.

Lui-même, Monseigneur, dans la toute premiere campagne. C'étoit le pere du Lieutenant, & de ce Petit. C'étoit un bien brave homme. Il alloit à l'affaut comme au bal ; il avoit du courage comme un Lion.

LE PRINCE.

Et comme un homme, ce qui veut dire davantage, Monsieur le Capitaine. Il m'en souvient très-bien, & je desirerois ....

LE CAPITAINE *en s'approchant.*

Que desireroit Votre Altesse ?

LE PRINCE.

Parler à sa Veuve.

LE CAPITAINE.

Vous le pouvez, Monseigneur, à l'instant ; car elle est ici.

LE PRINCE.

Comment elle est ici ! qu'elle vienne aussi-tôt qu'elle sera levée. Je veux la voir, je veux lui rendre cet Enfant, qu'elle vienne.

LE CAPITAINE *suppliant.*

Ah, Monseigneur !

LE PRINCE.

Il est inutile de la prévenir sur mes intentions. Allez, Monsieur. (*Le Capitaine part.*)

SCÈNE VII.

LE PRINCE, LE PAGE *dormant.*

LE PRINCE.

SI pauvre ! & par la guerre ! combien de mi-
feres ne caufe-t-elle pas ! combien de Familles en
gémiffent ! heureux du moins de ce qu'elles ne
fa plaignent que d'elle, & non pas de moi ! C'eft
par néceffité, & non par inclination, que j'ai
été forcé d'y prendre part, (*il fe leve*). Allons,
fortons. Il eft grand jour. — La Paix a auffi fes
inconvéniens, elle rend voluptueux & indo-
lent. (*Après avoir fait quelques tours dans l'ap-
partement, il s'approche du fauteuil dans lequel
le Page dort profondément.*) Un charmant petit
Garçon ! comme le voilà fans nul fouci ! comme il dort avec tranquillité ! Il croit être dans
la maifon d'un Ami, avec lequel il n'y a pas
de façons à faire. C'eft la nature dans toute
fon innocence. (*En fe promenant encore.*) Sa
Mere . . . . Mais en vérité je ne ferois pas grand'
chofe pour elle, fi elle reffembloit au Capitaine.
Il faut que je l'étudie, — que je la mette à l'é-
preuve ; — & puis, & puis, il fera tems de prendre ma réfolution & mon parti. (*Il s'appuie fur
le dos du fauteuil, & regarde avec plaifir le jeune*

Homme. En l'examinant, il remarque un papier qui sort de sa poche.) Qu'est - ce cela, une lettre à ce qu'il paroît (*il prend le papier & lit au bas*) : « Ta fidelle & tendre Mere de Detmund. Ha ! ha ! de la mere ... la lirai-je ? Je brûle d'envie de connoître son caractere.... elle n'aura pas diffimulé avec son Fils ; je veux la lire. Voyons :

« Mon cher Maurice ,

» Quelque peine que tu aies encore à écrire, » tu t'es cependant souvenu de ma priere, & tu » m'as écrit plus que je ne demandois ; je re- » connois à cela ton cœur , & je t'embrasse pour » ce trait d'obéissance. Tu me mandes que tu as » été présenté au Prince, qu'il t'a fait la grace de » t'accepter , que c'est le plus aimable , le meil- » leur des Princes , & que tu l'aimes de tout ton » cœur » (*regardant le Page*).

Comment , cher Petit , est-ce toi qui as écrit cela ? En bonne conscience, pour ce trait de sentiment , il est de mon devoir de t'aimer aussi, & de m'attacher à te le prouver.

« Tu as bien raison, mon cher enfant, de l'ai- » mer , car sans ses bienfaits , quel seroit ton sort » dans le monde ? Non-seulement tu n'as plus de » pere , mais quoique je vive encore, tu n'en est » pas moins un pauvre Orphelin. Car la fortune » m'a ôté les moyens de remplir mes devoirs

» à ton égard. A chaque défaftre, ma conftance
» fut inébranlable, tant que je n'envifageai que
» moi feule. Les pleurs n'inonderent mon vi-
» fage que lorfque je jettai les yeux fur toi ».

(Quelle tendreffe, quelle fenfibilité! & fi elle
étoit auffi digne femme qu'elle eft bonne mere, —pourquoi pas ? Certainement elle l'eft).

« Mais malgré toute ma bonne volonté, je ne
» faurois te conduire dans la carriere du bon-
» heur; il faut que je refte dans l'éloignement. Ce-
» pendant avec toutes les forces que me donne
» l'amour maternel, je te dirai, je t'exhorterai,
» je te prierai d'être vertueux, mon cher Enfant;
» par l'obéiffance que tu m'a toujours témoigné,
» porte toujours cette lettre fur toi, (*en regardant*
le petit).

(Il a obéi, il l'a fait fidellement).

« Et fi tu allois jufqu'à oublier tes devoirs, fi
» tu voulois méprifer les exhortations que je
» t'ai données avec le dernier baifer, avec mes
» dernieres larmes; alors, mon cher Fils, fou-
» viens-toi de cette lettre : lis; relis-la, penfe à
» ta mere qui, dans fa folitude, ne connoît
» d'autre joie, d'autre plaifir, que l'efpérance
» que tu lui donnes ».

(Nul autre ? n'a-t-il donc pas un Frere?

« Souviens-toi que tu la ferois mourir de
» douleur, que tu percerois le cœur du monde
» qui te chérit le plus ».　　　　　　(Elle

(Elle fent le danger, elle a raison, car il y eſt expoſé. Pouvoit-elle le riſquer, pouvoit-elle s'y réſoudre ?

« Ce n'eſt pas, mon cher Maurice, par dé-
» fiance que je te marque tout ceci. Ta con-
» duite ne m'en a pas fourni de motifs. Non,
» mon cher enfant, non, tu as vu toutes les lar-
» mes que j'ai verſées ſur ton Frere, tu ne me cau-
» feras pas les mêmes chagrins ».

(Ainſi l'ainé . . . . le Lieutenant . . . . comme
     on apprend tout) !

» Tu a toujours été bon, toujours obéiſſant,
» toujours reſpectueux ; je t'en rends le témoi-
» gnage avec des larmes de joie. Continue com-
» me tu as commencé, & deviens un honnête
» homme; alors tu n'auras plus une pauvre &
» malheureuſe mere, mais une mere riche & la
» plus heureuſe des Meres ».

(Très-bien, elle m'enchante, il paroît que le malheur l'a plutôt élevée qu'abaiſſée.

» Tu finis ta lettre en diſant que tous tes ca-
» marades ont des montres ; je devine que tu en
» voudrois auſſi une; mais tu briſes là-deſſus, &
» tu étouffe ton deſir; & c'eſt cette diſcrétion
» qui navre le cœur d'une mere déſolée de ne
» pouvoir accomplir ton ſouhait. Mais pardon-
» ne mon très-cher Enfant, je ne le puis pour
» l'inſtant ; mes affaires m'appellent à la Ville.

B

» Ce voyage emportera tout ce qui me reſte,
» Mais patience, que je ſois débarraſſée de ces
» frais ; alors je me bornerai , je m'interdirai
» tout, pour parvenir à la poſſibilité de remplir
» tes vœux. Tout ce qui ſera jamais en mon
» pouvoir , je le ferai pour mon cher Maurice ,
» afin que tout l'engage à ne s'écarter jamais du
» chemin de la vertu. Au plaiſir de te revoir ,
» je ſuis, &c., ta tendre Mere »,

DE DETMUND.

Femme adorable ! je veux montrer cette lettre à la Princeſſe, — je veux la garder; — mais
non, c'eſt toute la fortune de cet enfant, (*il re-
met la lettre dans la même poche*). Comme il dort
paiſiblement ! on dit que le ciel donne ſes
faveurs à ceux qu'il aime, en dormant; & avec
celui-ci , le proverbe aura dit vrai. Sa fortune
eſt faite , (*il le prend par la main*). Eh! petit , petit ? (*L'enfant ſe réveille, & regarde le Prince , en
ouvrant de grands yeux , & le Prince le fixant
à ſon tour.*) En vérité cela eſt plaiſant , ſur
mon Dieu. Allons, réveille-toi, il fait jour, &
tu ne ſaurois plus reſter ici à dormir ; leve-toi.

LE PAGE *ſe levant lentement.*

Oui, très-gracieux Prince.

LE PRINCE.

Le ſommeil eſt encore dans tes yeux. Va dans
mon cabinet (*le Page part*) ; éteins la lampe de

nuit, ferme les portes. Va du côté où étoient les montres; allons, allons, alerte; — non, non, là, vis-à-vis, promptement, — reviens ici, reviens. Eh bien, es-tu réveillé à préfent ?

LE PAGE.

Oh! très-bien, Monfeigneur.

LE PRINCE.

Dis-moi, car je te crois fort habile, fais-tu déjà écrire des lettres ?

LE PAGE.

Oui, Monfeigneur, lorfque l'envie m'en prend. J'en ai déjà écrit deux toutes entieres.

LE PRINCE.

Et toutes deux à ta mere, fans doute ?

LE PAGE *très-agréablement.*

A ma mere, Monfeigneur.

LE PRINCE.

Comme la joie fe peint dans tes yeux, pour peu que je te la nomme. (*à part.*) Comme cela s'aime, parce que cela eft pauvre! Eft-elle donc une fi bonne femme, ta mere ?

LE PAGE *prend avec une de fes deux mains, une de celles du Prince.*

Ah! fi vous la connoiffiez, Monfeigneur !

LE PRINCE.

C'eft ce que je me propofe, mon cher enfant.

LE PAGE.

Elle eft fi gracieufe, fi aimable, fi bonne !

B ij

LE PRINCE.

Je voudrois donc qu'elle eût aussi des fils dignes d'elle. — On dit que le Lieutenant n'est pas des meilleurs ; mais toi .. ?

LE PAGE *branlant la tête*.

Ah ! le Lieutenant, le Lieutenant ....

LE PRINCE.

On dit qu'il lui cause bien des chagrins. Cela seroit-il vrai ?

LE PAGE.

Ah ! vraiment, Monseigneur ; mais on m'a défendu d'en parler. Si le Colonel le savoit ; (*confidemment*) oh ! c'est un vilain homme, un homme dur , ce Colonel.

LE PRINCE *élevant la main*.

Oh ! il n'en saura pas un mot. Mais qu'est-il arrivé , qu'a-t-il fait ?

LE PAGE.

Toutes sortes de choses .... je ne le sais pas moi-même ; tout ce qui est venu à ma connoissance, c'est que ma chere Maman s'en est fort mal trouvée, qu'elle s'est déjà une fois toute dépouillée , afin d'étouffer l'affaire à tems (*en s'approchant tout doucement*) : il auroit pu devenir très-malheureux ; il auroit été obligé de quitter le Service.

LE PRINCE.

Quitter le Service ? Et comment ?

LE PAGE.

Pour cela , Monfeigneur, je ne faurois le dire;

LE PRINCE.

Pas même à moi ? Pourquoi pas ?

LE PAGE.

C'eft qu'on n'a pas voulu me le confier.

LE PRINCE *riant.*

En ce cas on a agi très-prudemment. Cela chan-
ge effectivement la thèfe. — Or , pour en revenir
à toi , tu n'avois tantôt point de montre ; en as-
tu demandé une à cette Mere , que tu aimes
tant ?

LE PAGE.

Une feule fois , mais pas davantage.

LE PRINCE.

Je m'en doute , certainement elle t'en aura
grondé.

LE PRINCE.

Oh mon Dieu non , Monfeigneur. Elle veut
fe priver de tout , elle veut épargner , & déjà
elle eft fi pauvre . . . . cela me défole.

LE PRINCE.

Cela doit auffi te défoler ; un bon fils ne doit
pas augmenter les peines de fa mere ; il devroit
au contraire defirer de l'aider. — & une montre ? S'il ne s'agit que d'une montre , elle pourroit bien fe trouver (*en tirant fa bourfe*). Tiens ,
petit Maurice , voilà douze louis que j'avois mis

B iij

de côté pour en faire un préfent, c'eft pour toi , tiens donc. (*L'enfant tend la main pendant que le Prince compte*).

LE PAGE.

Et pour moi, Monfeigneur , tout cet argent ?

LE PRINCE.

Pour toi affurément. Mais , dis-moi , qu'en feras-tu ?

LE PAGE *joyeux,*

N'aurai-je pas une montre avec cela ?

LE PRINCE.

Oui certes , une très-belle , faite dans mon Pays , & fur laquelle on aura gravé *London.* Mais à bien prendre la chofe , tu n'en as pas befoin, n'ais-je pas affez de montres ? (*Le Page le regarde attentivement.*) Si j'étois à ta place, je fais bien ce que je ferois, —— J'emploirois cet argent à un tout autre ufage. —— Cependant , comme tu voudras. Je vais maintenant me faire habiller, — tu refteras ici jufqu'à ce que je revienne.

LE PAGE *le fuivant,*

Monfeigneur.

LE PRINCE,

Que me veux-tu ?

LE PAGE.

Ma chere Mere eft ici : elle s'en retourne ce matin , & je defirerois fi fort l'embraffer encore,

(*D'un air careſſant.*)Oſerois-je , — votre Alteſſe
me le permettroit-elle ?

LE PRINCE.

Non , mon Enfant ; pour cette fois ta Maman
viendra ici. C'eſt chez toi qu'elle paroîtra ; patience. (*Il ſort*).

SCÈNE VIII.

LE PAGE *ſeul.*

VENIR ici. . . . chez moi , . . . & comment
cela ? . . . Mais qu'eſt-ce que cela me fait , pourvu qu'elle vienne. (*Il compte juſqu'à douze.*) Un ,
deux , trois , &c. Douze louis pour une montre !
Oh Ciel ! comme me voilà content ! Il me ſem-
ble que je l'entends déjà ; que je la monte . . . .
Mais qu'a voulu dire le Prince , en ajoutant qu'il
ſavoit bien ce qu'il en feroit , s'il étoit à ma
place ? —— Quoi donc , — oh oui lui ! lui qui
a des montres , des pendules dans tous ſes appar-
temens ; il ſait bien le plaiſir que cela fait à celui
qui de ſa vie n'en eut jamais. Mais d'abord il a
dit qu'un bon Fils devoit tâcher d'aider ſa mère.
Certainement il ſongeoit à la mienne. — Douze
louis (*en les regardant*). Oui , voilà bien de
l'argent , prodigieuſement d'argent. Si elle les
avoit, elle en vivroit long-tems, très-long-tems.
(*Il porte avec ſes deux mains l'argent vers ſon cœur*).

B iv

Ah! une montre… (*en laiffant tomber fes mains*);
Mais auffi une Mere… une Mere fi chere….
Encore hier, elle étoit fi accablée, elle étoit fi
défaite, fi malade. Je crois que fi je lui donnois
cet argent, elle feroit rétablie tout auffi-tôt.
Voyons, le ferai-je?… Le donnerai-je?…
Oh! oui, oui…. Mais il faut qu'elle ne tarde
pas, fans quoi je pourrois me repentir: la montre me tient bien à cœur (*en mettant le doigt fur
les levres*). Mais chut, chut, qui vient là? Qui
eft-ce?

SCENE IX.

LE PAGE, Mad. DE DETMUND, LE CAPITAINE.

LE PAGE, *au-devant d'elle.*

Ah! ma chere maman!

Mad. DE DETMUND, *fe tournant avec timidité &
fans faire attention au petit.*

Je ne fais…, je fuis fi inquiete, mon frere.
Si je connoiffois feulement fes intentions, fi je
favois d'avance….

LE CAPITAINE.

Ses vues, — tiens, regarde cet enfant — il
te le rend, ce petit garçon. (*Elle regarde effrayée
fon petit qui, avec beaucoup de tranfport, lui baife*

les mains.) C'étoit auffi, morbleu, une grande folie de l'amener ici. Les autres Pages grandiffent, ils entrent au fervice ; mais celui-là (*le montrant avec dédain*), celui-là eft perdu. La mifere & les chagrins dans lefquels tu l'as nourri, l'étouffent ; jamais de fa vie il ne grandira.

Made de DETMUND, *avec attendriffement.*
Mon frere !

LE CAPITAINE.
Bref. Si le Prince t'écoute, ne l'étourdis pas de cet enfant, c'eft inutile ; parle plutôt en faveur du Lieutenant : c'eft un homme celui-là, & de bonne mine.

Made DE DETMUND.
Comment dis-tu, pour le Lieutenant ?

LE CAPITAINE.
Oui, il l'a envoyé chercher.

Made DE DETMUND.
Dieu ! auroit-il appris ? . . .

LE CAPITAINE, *toujours froidement.*
Peut-être ; fuivant toutes les apparences, (*en s'appuyant fur fa canne & branlant la tête.*) & s'il favoit . . . que penfes-tu ? S'il favoit que le drôle a voulu déferter, qu'il a pris l'argent de la Compagnie, que par mon interceffion feule. —— Oh ! parbleu (*frappant la terre,*) il me fera donner à moi-même les arrêts : je voudrois pour beaucoup ne m'être jamais mêlé de

tes enfans ; oh, cela ne m'arrivera plus. (*Il fort plein d'humeur & en fe retournant.*) Non , de ma vie.

SCENE X.

MADAME DE DETMUND , LE PAGE.

LE PAGE , *remarquant fon inquiétude.*

Mon oncle eft toujours méchant ; laiffez-le parler & n'ayez pas peur , ma chere maman.

Madᶜ DE DETMUND.

Ah ! tais-toi, mon cher enfant , tu ne fais pas...

LE PAGE.

Oh ! oui-dà, je fais plus que mon oncle. — Le Prince n'eft pas comme il le dit : il ne veut en vérité du mal à perfonne ; il vient à l'inftant de me faire un préfent (*en lui tendant la main avec l'argent.*) Voyez-vous , maman, voyez , il m'a donné tout cela.

Madᶜ DE DETMUND *étonnée.*

Eft-il bien poffible ? Le Prince ?...

LE PAGE , *écartant les bras.*

D'une grande, grande bourfe , pleine de louis d'or ; un moment avant votre arrivée. Ah maman ! s'il vouloit... c'eft lui qui a ....

Mad^e DE DETMUND.

Mais comment ? Je n'y comprends rien, Par quelle raison ? A caufe de quoi ?

LE PAGE.

A caufe de quoi ? Sa montre s'étoit arrêtée, & voilà tout. Il avoit chaffé hier toute la journée, il avoit oublié de la monter, & ce matin (*en courant ouvrir la porte du Cabinet*), voyez, maman, il étoit couché fur ce lit, il m'a ordonné de regarder à ma montre quelle heure il étoit.... & là.... n'en ayant pas....

Mad^e DE DETMUND.

Il t'a donné tout cela ?

LE PAGE.

Il m'a donné tout cet argent pour que je m'en achete une (*montrant encore l'argent*). Douze louis, ma chere maman.

Mad^e DE DETMUND.

Regarde-moi ,.... oferois-je le croire ?

LE PAGE.

Croyez-le hardiment ; mais la montre ne me tient pas tant à cœur : j'en trouverai toujours une, prenez, maman, prenez.

Mad^e DE DETMUND *touchée.*

Comment, mon cher enfant !

LE PAGE.

Je fuis fi affligé de vous voir toujours pleurer..... Je voudrois avoir beaucoup d'argent, oui beaucoup; jamais, ma chere maman; vous ne verseriez de larmes : tout, tout ce que je posséderois je vous le donnerois, tout, oui tout.

Mad^e DE DETMUND.

Tu voudrois pouvoir agir ainsi ?

LE PAGE.

Alors, vous seriez si contente, si heureuse !

Mad^e DE DETMUND *l'embrassant.*

Je la suis, mon enfant ; je ne donnerois pas ce moment-ci pour tout l'or de ton Prince (*l'embrassant encore*) : oh, tu ne sais pas encore combien de peines une mere oublie par le plaisir d'avoir un pareil enfant !

LE PAGE.

Mais, prenez-le donc, prenez-le, ma chere, ma bonne maman.

Mad^e DE DETMUND.

Je l'accepte, car je ne puis te laisser acheter seul ta montre, tu pourrois être trompé ; je veux faire cette emplette pour toi, mon cher Maurice.

LE PAGE.

Pour moi ? Une montre !

Mad^e DE DETMUND.

Tu resteras ici, & tu en auras besoin.

LE PAGE.

Non pas, non pas ; pourquoi faire ? Le Prince a affez de montres, & de tous côtés il a des pendules ; il m'a dit lui-même que je n'en avois pas befoin.

Mad^e DE DETMUND.

Et il t'a pourtant donné de quoi en avoir une ?

LE PAGE.

En vérité il l'a dit.

Mad^e DE DETMUND.

Ne me trompes-tu pas, mon enfant ? Tu ne dois point déguifer la vérité, même par affection pour ta mere.

LE PAGE.

Moi, mentir !... & vous ne me croyez pas ? Oh je voudrois à préfent que le Prince vînt. (*en fe retournant.*) Ah ! le voici.

SCENE XI.

LE PRINCE, LE PAGE, MADAME DE DETMUND.

LE PAGE.

N'EST-CE pas, Monfeigneur, que Votre Alteffe m'a donné douze louis pour avoir une montre ?

LE PRINCE *fouriant.*

Oui, mon cher enfant.

LE PAGE.

Et vous avez ajoutez que la montre ne m'étoit
pas nécessaire ?

LE PRINCE.

Oui , je l'ai dit.

LE PAGE , *avec vivacité se tourne vers sa mere.*
Eh bien , maman ? hé bien !

Made DÉ DETMUND *embarraffée.*

Mon enfant... (*haut.*) Votre Altesse aura-
t-elle la bonté de pardonner l'ingénuité de cet
enfant qui oublie le respect . .

LE PRINCE.

Moi , Madame ! cette candeur m'enchante. Je
voudrois vivre avec tous les hommes dans cette
touchante simplicité : elle est si fort dans la nature... Continue à parler , mon petit , qu'est-ce
que c'est ? Ta mere n'a pas voulu te croire.

LE PAGE *à moitié piqué.*

Non , Monseigneur.

LE PRINCE.

Non ? Cela est injuste de sa part.

LE PAGE.

Elle a commencé par ne pas vouloir croire ;
elle a fini par ne pas vouloir accepter.

LE PRINCE.

Qu'entends-je ! on n'a pas voulu recevoir ?
Comment tu fais assez peu de cas de mes présens,
pour les donner à d'autres ? Je ne puis pas croire
que . . . . .

LE PAGE.

Comment, Monſeigneur ?

LE PRINCE.

Je ſerois en effet très-peu diſpoſé à te faire de nouveaux préſens . . . Avoue-moi, as-tu voulu céder mon préſent ?

LE PAGE *s'excuſant & montrant ſa Mere.*

Monſeigneur, elle eſt ſi pauvre . . .

LE PRINCE *en lui prenant le menton.*

Ainſi, mon cher petit, tu as ſacrifié l'objet de ton ſeul & unique deſir, pour aider ta mere. Il ſeroit trop dur, que tu fuſſe privé de ta montre, (*il tire la ſienne*) ; & quand je n'aurois que celle-là, pour récompenſer ta tendreſſe (*il lui donne ſa montre*), je veux qu'elle t'appartienne.

LE PAGE *la prenant avec empreſſement.*

Ah ! Monſeigneur, va-t-elle auſſi ?

LE PRINCE.

Parfaitement bien, (*dans l'intervalle, le Page s'approche de ſa Mere*). Quand on réfléchit, com-me les choſes vont dans ce monde : la plupart des richeſſes ſont poſſédées par des Diſſipateurs ou par d'impitoyables Avares. La terre devroit être peuplée d'hommes de ton eſpece; alors tout en iroit bien mieux. Et qui m'empêcheroit de l'enrichir ? Viens, mon enfant, mets la mon-tre dans ton gouſſet, & puiſque tu as ſi bien diſ-poſé de ce que tu poſſédois, prends, voilà cent louis pour les douze que tu as donnés à ta Maman.

LE PAGE *les regardant avec étonnement.*

Ah ! Monseigneur !

LE PRINCE.

Quoi, tu héfites ? Prends.

LE PAGE,

La bourfe & l'argent ? (*en faisant un pas en arriere.*) En vérité cela eft trop confidérable.

LE PRINCE,

Oui , fi c'étoit pour toi. Mais je te le donne pour en difpofer. Où crois-tu qu'il puiffe être le mieux placé ?

LE PAGE,

Placé ? (*regardant le Prince , puis fa Mere*) tenez , ma chere Maman.

Mad^e DE DETMUND *en s'approchant.*

Votre Alteffe !

LE PRINCE.

Point de remerciemens , Madame, ce n'eft qu'une bagatelle. — Mais (*en étendant la main vers le Page*) cet enfant eft trop foible pour fa place .... beaucoup trop petit .... Il eft d'un âge où l'on ne peut pas encore rendre aucun fervice. D'ailleurs il peut être utile à d'autres. En un mot , j'efpere que vous le reprendrez fans difficulté .... Vous vous taifez ?

Mad^e

COMÉDIE.

COMÉDIE.

Made DE DETMUND *consternée.*

J'ai tort, Monseigneur.

LE PRINCE.

Comment ? En quoi ?

Made DE DETMUND.

J'ai tort de rougir d'une pauvreté, dont je ne suis pas la cause. Mais je n'en rougirai plus, je veux la déclarer librement, en présence de mon Prince. (*En l'approchant & le fixant.*) Oui, Monseigneur, je suis trop pauvre pour élever mon enfant. Il y a long-tems que j'ai songé à l'avenir, & peut-être que trop tôt aurai-je besoin de penser au présent. Si alors mes plus grands embarras revenoient ... si Votre Altesse Sérénissime repoussoit ce pauvre innocent (*elle veut étouffer ses larmes*), dont le pere est mort trop jeune ! Ah ! Monseigneur, excusez mes larmes & ma tendresse.

LE PAGE.

Maman pleure (*en prenant la main du Prince*), très-gracieux Prince.

LE PRINCE.

Il ne manque plus que toi .... Quoi ?

LE PAGE *suppliant.*

Vous ne m'abandonnerez pourtant pas.

LE PRINCE.

Tu ne le crois pas ? A la bonne heure. A cause de sa confiance il restera, Madame. (*Dissimulant*)

C

Ce feroit effectivement dommage que fes mœurs, fon innocence .... Mais non .... je ne penfe pas qu'un tel fujet y foit expofé.

Mad^e DE DETMUND *très-attentivement.*

Son innocence, Monfeigneur ...

LE PRINCE *continuant de feindre.*

Non, non, Madame, vous pourriez croire que je vous refufe. Veuillez le trouver bon.

Mad^e DE DETMUND *embarraffée.*

Votre Alteffe voudroit-elle avoir la bonté de me confier fes projets ?

LE PRINCE *toujours diffimulant.*

Je voulois feulement vous dire, Madame, que parmi mes Pages il fe rencontre de jeunes étourdis & des têtes légeres ... & peut-être leur compagnie ..... leur exemple .... Mais vous voyez que ce n'eft qu'un fimple *peut-être.* Hafar-dons *ce peut-être.*

Mad^e DE DETMUND *prenant un peu trop vi-vement la main du Page.*

Non, non, très-gracieux Prince.

LE PRINCE *comme offenfé.*

Cependant pour vous complaire, Madame,

Mad^e DE DETMUND.

Le cœur de mon enfant m'eft trop précieux ; je tremble du danger où j'aurois pu l'expofer.

LE PRINCE.

Mais confidérez donc, Madame...

Mad^e DE DETMUND.

Je ne confidere rien. Je vois mon enfant dans les flammes ; pourvu que je le fauve, duffé-je le fauver tout nud.

LE PRINCE.

Sans fortune, fans inftruction, fans éducation ? Qu'eft-ce qu'il deviendra ? Qu'en réfultera-t-il, Madame ?

Mad^e DE DETMUND.

Ce qu'il plaira à Dieu. Je l'ignore .... S'il ne peut vivre felon fon rang, qu'il cultive la terre, & qu'il meure pauvre.

LE PRINCE.

Voilà ce qui s'appelle penfer noblement. Je vois, Madame, que vous méritez que je faffe pour vous tout ce qui eft en mon pouvoir (*il s'approche & avec empreffement*) ; comment puis-je vous aider ? Parlez, demandez, c'eft un ami qui vous en prie.

Mad^e DE DETMUND *extrêmement confufe & touchée.*

Ah ! trop généreux Prince !

LE PRINCE.

Avant tout, dites-moi quelle eft votre fortune ? Ó font fituées vos terres ?

Made DE DETMUND.

Rien ne peut les fauver , tant elles font en-
dettées.

LE PRINCE.

Vous avez des procès , à ce qu'on m'a
dit. Ils ne laiffent donc aucune efpérance?

Made DE DETMUND.

Aucune , Monfeigneur. J'en excepte un feul
qui regarde un héritage ; auquel mon droit eft
incontestable. Il n'y a que la richeffe des autres
parens qui combat la juftice de ma Caufe. Je
venois exprès en Ville , pour foufcrire à un
accommodement , que la mifere commandoit
impérieufement , mais qui n'a pu fe confom-
mer.

LE PRINCE.

Tant mieux pour vous , Madame ; il faut
qu'à préfent on vous rende juftice fans accommodement. J'en fuis caution ; acceptez, en fus
une penfion de cent louis , qui écartera toutes
fortes de privations.

Made DE DETMUND *fe proflernant.*

Tant de graces à la fois ! Puis-je . . . .

LE PRINCE *la retenant.*

Qu'eft-ce que cela veut dire , Madame ? Levez-vous. Je ne fais que ce que je dois , à la mé-
moire d'un homme dont vous êtes la Veuve ,
& ce que je ferois pour toute autre perfonne

dont le mérite égaleroit le vôtre. Dites-moi, Madame, auriez-vous actuellement encore de la répugnance à reprendre votre Fils ?

Mad^e DE DETMUND.

Comment pourrois-je, Monseigneur ?

LE PRINCE.

Et toi, mon cher petit, irois-tu volontiers avec ta chere Maman ?

LE PAGE.

Avec Maman ? Oh oui.

LE PRINCE.

Mais cependant je sais qne tu m'aimes aussi, & que tu resterois volontiers auprès de moi.

LE PAGE.

Oh ! fort volontiers, Monseigneur.

LE PRINCE.

Mais si je te renvoyois, j'aurois toujours l'air de t'avoir repoussé, & tu m'as si fort prié de ne pas te congédier. D'ailleurs ta Maman t'a mis sous ma protection. Il faut donc que je songe à des arrangemens. Restez, Madame, je reviens à l'instant.

SCÈNE XII.

Mad^e DE DETMUND, LE PAGE.

Mad^e DE DETMUND.

BON Dieu ! (*se jettant dans un fauteuil*) ; qu'eſt-ce que tout ceci ?

LE PAGE *joyeuſement.*

Bien, bien à préſent, cela va bien, Maman.

Mad^e DE DETMUND *en l'attirant tendrement.*

Oh ! délicieux enfant !

LE PAGE.

Mais, Maman, vous ne vous réjouiſſez pas. Il faut vous réjouir, ma chere Maman.

Mad^e DE DETMUND.

Je ſuis toute honteuſe de ma fortune. Je ſonge à mon peu-de confiance dans la Providence, à ces angoiſſes mortelles avec leſquelles je jettai ſur toi mon premier regard, lorſque tu vins au monde. C'étoit préciſément à la même heure où l'on m'apprit la mort de ton Pere . . . . avec quelle peine je t'enviſageai ! avec quelle douleur je me plaignis de t'avoir donné le jour ! (*en le baiſant & l'embraſſant tendrement*). Et tu es celui qui m'aides, qui déjà, dans ta tendre jeuneſſe, ſeches mes larmes. Dieu ! qu'eſt-ce qui manque encore à ma félicité ? Rien, rien, que

de bonnes nouvelles de ton Frere. Alors je m'es-
timerois heureuse.

LE PAGE.

De mon Frere? Et comment cela?

Made DE DETMUND.

Si le Prince savoit sa faute . . .

LE PAGE.

Et quand même il la sauroit, cela n'est pas
grand'chose. Vous voyez combien il est hu-
main & gracieux.

Made DE DETMUND.

Envers nous, qui sommes innocens.

LE PAGE.

Et il m'a promis que cela resteroit secret, que
le Colonel n'en sauroit rien.

Made DE DETMUND avec feu.

Quoi? Il t'a promis, — Quoi?

LE PAGE.

Oui, très-positivement; ainsi, Maman, ne vous
en inquiétez pas.

Made DE DETMUND.

Je suis confondue . . . . tu lui as dit? . . .

LE PAGE s'appercevant de sa faute.

Ah! pas beaucoup. Il m'a questionné sur la
conduite de mon Frère, — pouvois-je lui cacher
la vérité? — Vous m'avez vous-même, ma
chere Maman, défendu de mentir.

C iv

Mad^e DE DETMUND *douloureusement.*

Mais, mon cher enfant, ta simplicité ne....

LE PAGE.

Comment ? Cela vous inquiete si fort ?

Mad^e DE DETMUND.

Si je suis inquiete ?.... S'il prend d'autres informations.... s'il apprend.... tu causeras la perte de ta Mere, de ton Frere, & la tienne....

LE PAGE *pleurant.*

Causer ces pertes ! tous ces malheurs !

Mad^e DE DETMUND.

Ah j'entends venir quelqu'un (*se relevant & lui parlant*) ; tois-toi seulement, sois tranquille, les larmes ne feroient qu'annoncer le mal ; sois tranquille.

SCÈNE XIII.

Les précédens, LE PRINCE, (*derriere lui*) LE LIEUTENANT & LE CAPITAINE.

LE PRINCE.

Entrez, suivez-moi, Messieurs. (*Au Lieutenant*). Ainsi donc, vous êtes Monsieur de Detmund, Fils du brave Major de Detmund ?

LE LIEUTENANT *faisant une profonde révérence.*

Oui, Votre Altesse.

LE PRINCE.

C'eft une excellente recommandation. Vous aviez un bien digne Pere... Vraifemblablement fon exemple vous infpire de l'émulation, & vous vous efforcez fans doute de l'imiter.

LE LIEUTENANT.

Je ne fais que mon devoir, Monfeigneur.

LE PRINCE.

Dès-lors vous croyez avoir tout fait. Le plus honnête homme n'en fait pas davantage. Tenez Monfieur le Lieutenant, voici Madame votre Mere, une très-refpectable femme, & votre Frere, un fort aimable garçon. Je fuis fingulié-rement épris de cette Famille ; il n'y a que vous qui me manquiez encore.

LE LIEUTENANT *toujours avec des révérences.*

Votre Alteffe me fait trop de graces.

LE PRINCE.

Pas plus que je ne dois, à ce que je penfe.

LE LIEUTENANT.

Votre Alteffe me juge avec trop d'indulgence.

LE PRINCE.

En effet, il ne m'en faut que la conviction ; & votre fortune eft faite .... Mais cette mine avantageufe, qui vous fied fi bien ...

LE LIEUTENANT.

Ah, Monfeigneur !

LE PRINCE.

Elle prouve , ou un cœur très-noble , ou très-
corrompu .... Est - ce le dernier ? ... Non ,
l'enfant de Parens aussi honnêtes n'en peut être
soupçonné .... Que pensez-vous , Monsieur le
Lieutenant, qu'on pourroit faire ? Un pas de plus
ne vous avanceroit pas de beaucoup. Que vous
en semble ?

LE LIEUTENANT *avec joie.*

En effet , Monseigneur.

LE PRINCE.

Mais si nous sautions ce pas ? ... Par exemple une Compagnie .... c'est toujours le but
principal de ces Messieurs, & nous y touche-
rions d'assez près. Mais auparavant (*en se retour-*
nant promptement vers le Capitaine) ; que pensez-
vous de votre neveu, Monsieur le Capitaine ?

LE CAPITAINE *un peu embarrassé.*

Moi ? .. Ce que j'en pense, Monseigneur

LE PRINCE.

Beaucoup de mal, à ce que l'on diroit.

LE CAPITAINE.

Oh non , Votre Altesse ; plutôt beaucoup de
bien. Je crois toujours qu'il a du courage , qu'il
se comportera bien.

LE PRINCE *avec un air d'approbation , & regar-*
dant le Lieutenant.

Oui ? Réellement ?

LE CAPITAINE.

Et comme il eſt d'ailleurs d'une belle taille ...

LE PRINCE.

Fort bien ! alors il ſeroit accompli. Cela eſt ſûr .... mais ſes mœurs, ſa conduite .... je rougis de m'informer de ces bagatelles .... comment ſe gouverne-t-il ?

LE CAPITAINE *en riant*.

De tems en tems, un peu trop gai, trop alerte, un petit libertin ..... Et, comme Votre Alteſſe le ſait bien, ainſi qu'il convient à un Soldat.

LE PRINCE.

Comme je ſais ? En vérité vous m'apprenez-là quelque choſe de neuf. Il n'y a plus, Madame, que votre témoignage qui me manque ; que me direz-vous de votre Fils ? (*Après un moment de ſilence*) Rien, rien du tout ?

Madᵉ DE DETMUND.

Qu'aurois-je à dire ? Et que dirois-je ?

LE PRINCE.

Ce que vous penſez .... la vérité.

Madᵉ DE DETMUND.

Et le puis-je, Monſeigneur ? Si j'avois à louer mon Fils, Votre Alteſſe voudroit-elle que je le fiſſe en ſa préſence ? Ou ſi j'avois à le blâmer, le pourrois-je en face de celui qui tient ſon ſort dans ſes mains ?

LE PRINCE.

Voilà qui est admirable ; vous avez le cœur d'une mere tendre , & toute la finesse de votre sexe ; j'en suis enchanté. (*Avec un grand sérieux*): Chacun, Monsieur le Lieutenant , a sa maniere , & moi j'ai la mienne ; si je veux avancer un Officier , je commence par lui donner les Arrêts. Qu'en pensez-vous ?

LE LIEUTENANT.

Monseigneur, Votre Altesse !

LE PRINCE.

Oui , oui , cela ne se peut pas autrement ; donnez votre épée au Capitaine. Une conduite plus sage auroit tout excusé. Mais cette confiance, cet air avantageux . . . que doit-on penser d'un homme qui , se sentant coupable, se présente avec autant d'assurance ; qui doit sentir qu'il a encouru ma disgrace ; qui sait avec quelle indignité il a traité la meilleure des meres , & qui , nonobstant . . . . . . Allons , conduisez-le pour un mois en prison. Allez , Monsieur le Capitaine ; je veux bien ne pas approfondir davantage la chose , par égard pour vous, Madame, par la maniere qui me l'a fait connoître, & pour l'énormité de la faute que je puis deviner , par toutes les circonstances. Mais , Monsieur le Capitaine (*du ton le plus ferme*) à la moindre nouvelle faute, vous m'en ferez le rapport , auffi-tôt directement à moi , & fur l'heure. Je me fuis mis dans la tête de corriger ce petit Monfieur ; (*avec févérité*) & ni vous , Monfieur le Capitaine (*doucement*) , ni vous , Madame , ne traverferez mon deffein. (*Encore à Madame.*) Que jamais vous ne lui accordiez rien , pas la plus petite chofe , pas même par forme de préfent , abfolument rien . . . . Il peut vivre de fes appointemens , il apprendra à s'arranger (*un figne de la main*). Allez , rendez-vous en prifon , Monfieur le Lieutenant. (*Les deux Officiers partent*).

SCÈNE XIV.

LE PRINCE, Made DE DETMUND, LE PAGE.

LE PRINCE *en regardant Madame de Detmund.*

POURQUOI fi abattue , Madame ?

Made DE DETMUND *confternée.*

Je fuis mere , Monfeigneur !

LE PRINCE.

Mais non pas de ces meres foibles , qui préferent de ne point corriger leurs enfans , de peur de les chagriner.

Made DE DETMUND.

Dans ce cas , Monfeigneur , ma tendreffe fe[?]

roit de la haine. Non, ma seule crainte est que mon Fils n'ait perdu pour toujours les bonnes graces de Votre Altesse Sérénissime.

LE PRINCE.

Voilà ce que vous craignez, & moi j'ai voulu le préparer & le rendre plus digne de ma faveur j'excuse volontiers les fautes de jeunesse, les négligences, l'étourderie; mais cela n'est pas toujours bon. Ce qui chez l'un est un motif d'amendement, devient chez l'autre une invitation à de plus grandes transgressions. N'ayez nuls soins, Madame; à mesure qu'il deviendra plus sage, je serai plus favorable. (*se retournant vers le Page*). Pour ce qui regarde le petit, savez-vous quels sont mes projets ?

Mad^e DE DETMUND.

Non, Monseigneur. Mais quels qu'ils puissent être, ils seront toujours généreux. Quelque grande qu'ait été ma vénération pour mon Prince, cette heureuse journée me prouve qu'elle n'étoit pas encore suffisante.

LE PRINCE.

Que voulez-vous, Madame, vous ne me connoissez pas. Je fais tout ceci, afin de procurer à l'Etat un homme de mérite, à moi un Serviteur fidele, & à mon Fils un ami qui, quelque jour, veuille aussi sacrifier sa vie pour lui, ainsi que son

pere eſt mort pour moi. Voilà toutes mes rai-
ſons.

S C È N E   X V.

Les précédens, UN VALET DE CHAMBRE.

LE VALET.

VOTRE Alteſſe, le Maître de l'Académie....

LE PRINCE.

Déjà arrivé? Faites le entrer (*le Valet ſort*).
J'eſpere, Madame, qu'il vous ſuffira d'entendre
mes projets pour les approuver.

S C È N E   X V I.

Les précédens, LE MAITRE DE L'ACADÉMIE
fort humble & grand complimenteur.

LE MAÎTRE *avec timidité.*

SUIVANT les ordres de Votre Alteſſe ...

LE PRINCE.

Approchez, Monſieur, avec des hommes de
votre mérite, il faut faire connoiſſance de plus
près. On m'a dit mille bien de vous. On m'a fait
l'éloge de toutes vos connoiſſances.

LE MAÎTRE *très-embarraſſé.*

De moi, Monſeigneur?

LE PRINCE.

Je me fuis convaincu de la vérité de cette ré-
putation. J'ai lu votre livre fur l'éducation ; avez-
vous écrit quèlqu'autre chofe ?

LE MAÎTRE *tremblant.*

Moi , rien du tout.

LE PRINCE.

Rien qui foit à ma portée ; voilà ce que vous
voulez dire , n'eſt-ce , Monſieur ?

LE MAÎTRE.

Non . . oui , Votre Alteſſe.

LE PRINCE.

Oui , mais pourquoi pas pour moi ? Sans
doute parce que cela demande un Savant tout
entier , & que je ne ſuis qu'un demi - Savant :
y fuis-je ?

LE MAÎTRE *reculant effrayé.*

Bon Dieu ! pourrois-je être aſſez téméraire ?

LE PRINCE.

La témérité ne feroit pas ſi grande. Trop d'é-
rudition , dit-on , ne convient pas à un Prince ;
ainſi pourquoi vos productions ne feroient-elles
pas pour moi ?

LE MAÎTRE.

Parce que . . . parce qu'elles ſont trop impar-
faites , trop peu dignes de . . .

LE PRINCE.

Finiſſez , Monſieur le Maître , vous me feriez
rougir

rougir . . . . je voulois vous dire que j'ai lu votre ouvrage, je le trouve plein de chofes admi-
rables.

LE MAÎTRE.

La grande faveur . . . . la grace . . . . l'hon-
neur . . . .

LE PRINCE *après un moment de filence.*
Vous êtes Allemand ? N'eft-ce pas ?

LE MAÎTRE.

Oui, Monfeigneur.

LE PRINCE *avec bonté.*

N'en ayez pas honte , je le fuis auffi. Je voudrois bien que vous euffiez connu ce vieil
Etranger , cet ancien bijou de mon pere, qui vi-
voit ici à la Cour. Ne l'avez-vous pas connu ?

LE MAÎTRE.

Tant foit peu de vue, feulement.

LE PRINCE.

Pas plus particuliérement ?

LE MAÎTRE.

Non , Monfeigneur.

LE PRINCE.

C'eft bien dommage , c'étoit un excellent
homme ; lorfqu'il avoit débité fa petite provi-
fion de connoiffances, très-fuperficielles , le refte
de fon cerveau reftoit bien à fec. Mais pour fe
faire valoir, pour fe donner un ton , des airs ,
c'étoit la premiere tête de l'Europe ; ayez plus

D

d'affurance, j'aime la modeftie ; mais ce qu'on appelle l'humilité , la baffe foumiffion, le refpect
outré, tout cela m'eft infupportable. Or, pour
en venir au fait, combien coûte une place à l'A-
cadémie , pour le meilleur Gentilhomme ?

LE MAÎTRE.

C'eft fuivant , Monfeigneur.

EE PRINCE.

En tout ? A peu près ?

LE MAÎTRE.

A peu près , entre trois & quatre cens écus.

LE PRINCE.

Cela eft égal , voici un jeune Cavalier que je
prétends y placer ; & comme je veux lui fervir
de pere , il eft entendu que je ne faurois faire
moins que le meilleur Gentilhomme ne fait pour
fon fils. Mais pour parler du plus effentiel ; qui
eft-ce qui eft chargé de l'infpection fur les enfans ?

LE MAÎTRE.

Les Précepteurs , Monfeigneur.

LE PRINCE.

Gens de mérite, fans doute ; mais comme je
ne les connois pas, c'eft-vous feul, Monfieur le
Maître , que je confidere , & en qui j'ai toute
confiance , que je choifis. Voudriez-vous bien, fi
je vous en priois...

LE MAÎTRE *honteux*.

Votre Alteffe....

LE PRINCE.

Voudriez-vous bien être le Gouverneur principal de ce cher enfant ?

LE MAÎTRE.

Ce fera mon devoir , Monfeigneur.

LE PRINCE.

Point de devoir. Voudriez-vous le faire par
inclination , avec plaifir ?

LE MAÎTRE *fait des révérences*.

Je trouve toujours mon plaifir dans mes devoirs.

LE PRINCE.

Bon. Il eft jufte que je fois reconnoiffant (*il
prend le Page*) ; viens mon petit , viens ; tu vois
ce galant homme , il eft doux , il eft aimable. Je
te conduis vers lui , auras-tu confiance en lui?
Veux-tu aller , & vivre avec lui ?

LE PAGE *regardant un moment le Maître*.

Oh ! oui , Monfeigneur.

LE PRINCE.

Dans ce cas , il faut que tu faches que cet homme fera ton plus grand bienfaiteur , ton Gouverneur. Tu lui témoigneras la plus ftricte obéiffance, la plus tendre vénération .... & fi jamais il
me portoit des plaintes de toi ....

D ij

LE PAGE.

Jamais, jamais.

LE PRINCE.

Tu as vu par l'exemple de ton Frere, & par le tien, que je puis être aussi sévere, que bon. Ainsi, si jamais il me portoit une plainte...

LE PAGE *baisant respectueusement la main du Maître.*

C'est ce que vous n'aurez jamais occasion de faire.

LE PRINCE *au Maître.*

Comment trouvez-vous cet enfant?

LE MAÎTRE.

Oh! Votre Altesse, le recevant de vos mains, il me sera plus cher que mon propre fils.

LE PRINCE.

Il pourra donc vous suivre? Y consentez-vous, Madame?

Madᵉ DE DETMUND *avec feu.*

Dieu! si j'y consens!

LE PRINCE.

Va donc, mon cher, va (*en lui mettant la main sur la tête*), deviens un honnête homme, un homme sage & heureux; & quant au reste, sois tranquille & de bonne humeur. Rien au monde ne te manquera jamais, non, jamais (*en le fixant*). Et pourquoi soupirer?

LE PAGE *s'inclinant profondément, & prenant la main du Prince.*

Vivez, vivez heureux, mon très-cher Prince.

LE PRINCE *ému.*

C'eſt cela (*il le releve & l'embraſſe*), & toi auſſi, ſois heureux, toi auſſi, mon bon petit, tu as le meilleur cœur du monde. Je vous laiſſe, Monſieur le Maître, & vous, Madame, ſuivez-les, voyez où demeurera votre cher & aimable enfant.

Made DE DETMUND *ſe proſternant avec viva-cité.*

Pourrois-je ſortir, Monſeigneur . . . . .

LE PRINCE.

Qu'eſt-ce que cela ſignifie ? Je n'aime point...

Made DE DETMUND.

Puis-je m'en aller ſans que mon cœur . . . .

LE PRINCE.

Non, Madame, je vous prie, levez-vous. Je ne ſaurois ſouffrir qu'aucun mortel ſe proſterne à à mes pieds.

Made DE DELMUND.

Eh bien, j'obéis & je ſors (*levant la main*) ; mais devant Dieu je me proſternerai ; c'eſt lui que je ſupplierai de conſerver le plus magnanime & le meilleur de tous les Princes.

LE PRINCE *l'accompagnant.*

Vivez, vivez heureuſe, Femme reſpectable.

SCÈNE XVII & derniere.

LE PRINCE seul, regardant de part & d'autre.

Ah! la belle matinée qu'il fait ! Prendrai-je quelque divertiffement ? . , Mais lequel ? — Je viens de goûter le plus grand des plaifirs . . . . Non, je vais m'occuper. Cela me réuffira à merveille, je fuis content de moi.

FIN.

déchéance de la préfente Permiffion ; qu'avant de l'expofer
en vente, le manufcrit qui aura fervi de copie à l'im-
preffion dudit Ouvrage, fera remis dans le même état où
l'Approbation y aura été donnée, ès mains de notre très-
cher & féal Chevalier, Garde des Sceaux de France, le
Sieur Hue de Miromenil, Commandeur de nos Ordres ;
& qu'il en fera enfuite remis deux Exemplaires dans notre
Bibliothèque publique, un dans celle de notre Château du
Louvre, & un dans celle de notredit très-cher & féal Chevalier, Chancelier de France, le fieur de Maupeou, & un
dans celle dudit Sieur Hue de Miromenil ; le tout à peine
de nullité des Préfentes. Du contenu defquelles vous man-
dons & enjoignons de faire jouir ledit Expofant & fes ayant-
caufes, pleinement & plaifiblement, fans fouffrir qu'il leur
foit fait aucun trouble ou empêchement. Voulons qu'à la copie des Préfentes, qui fera imprimée tout au long au com-
mencement ou à la fin dudit Ouvrage, foi foit ajoutée comme à l'original. Commandons au premier notre Huiffier ou
Sergent fur ce requis, de faire pour l'exécution d'icelles
tous actes requis & néceffaires, fans demander autre permiffion, & nonobftant clameur de Haró, Charte Norman-
de & Lettres à ce contraires : Car tel eft notre plaifir.
Donné à Paris, le premier jour du mois d'Août, l'an de
grace mil fept cent quatre-vingt-un, & de notre Regne le
huitieme. Par le Roi, en fon Confeil. LE BEGUE.

*Regiftré fur le Régiftre XXI de la Chambre Royale & Syn-
dicale des Libraires & Imprimeurs de Paris, N° 2418, fol.
538, conformément aux difpofitions énoncées dans la préfente
Permiffion ; & à la charge de remettre à ladite Chambre les
huit Exemplaires prefcrits par l'article CVIII du Réglement de
1723. A Paris, le 3 Août 1781.* QUILLEAU, Adjoint.

www.ingramcontent.com/pod-product-compliance
Lightning Source LLC
Chambersburg PA
CBHW061654180626
46818CB00003B/1095